LA ROCHELLEIDE

CONTENANT VN NOVVEAV
Discours sur la ville de la Rochelle, suiuant les choses plus memorables auenues en icelle, & au Camp du Roi, depuis le comancement du siege, iusqu'à
la fin du mois de Mars dernier, auec
vne louange des Princes, grands Seigneurs, & Chefs de l'armée.

PARTIE.

A TRESHAVT, ET TRES-
puissant Prince HENRI, DVC d'Aniou,
& Frere du Roi Tres-chrestien.

PAR I. LA GESSEE MAVVESINOIS.

A PARIS,
Par Gilles Blaise, au mont Sainct Hylaire, à
l'enseigne saincte Katherine.
1573.
AVEC PERMISSION.

Extrait de la Permiſſion.

SViuant la Requeſte preſenteé à Meſſieurs le Lieutenant ciuil & Procureur du Roy au Chaſtelet, le 31. du mois de Mars 1573.
Il á eſté permis a I. la Geſſée Mauueſinois en Gaſcoigne, de choiſir tel Imprimeur, & Libraire que bon lui ſemblera, pour faire bien imprimer, & mettre en vente vn ſien nouueau Liure, intitulé LA ROCHELLEIDE: auec deffence expreſſe à tous autres Imprimeurs, & Libraires, d'imprimer, ni expoſer en véte ledit liure, ſi ce n'eſt du conſentement dudit la Geſſée, ou de celui quil choiſira: Et ce ſur peine de confiſcation desLiures qui ſeront imprimés, & d'amende arbitraire.

SEGVIER.   DE VILLEMONTEE.

LEDIT I. la Geſſée à permis à Giles Blaiſe de faire imprimer, vendre, & diſtribuer pour la premiere fois la premiere partie de ſa ROCHELLEIDE, ſans qu'il ſoit loiſible à autre de ce faire. Car ainſi l'á voulu, & acordé ledit la Geſſée.   Fait á Paris le 8. d'Auril 1573.

TRES-NOBLE, ET TRES-
PVISSANT PRINCE, HENRI DVC
D'ANIOV, *frere du Roi Tres-chreſtien, &*
Lieutenant general de ſa Maieſté par tout
ſon Roiaume.

IE n'euſſe bonnement oſé, MONSEI-GNEVR, vous importuner á receuoir pour agreable ce preſent ſi petit lequel ie vous dedie, ſans m'eſtre au parauát aſſeu-ré de vôtre douceur, & debonaire nature. Car veu la ſoigneuſe affection, & vigilance, dont vous eſtes pouſſé á maintenir inceſſément l'honeur, & le parti du Roi, ſi qu'á peine vous eſt il donné quelque relâche á fin de reſpirer vn peu ſous la peſanteur de nos affaires Françoiſes: ie ne vouloi m'enhardir á tenter en cette ſorte le fauorable accés d'vne telle bonté. Toutesfois reconoiſſant vôtre excellence en la fleur de vôtre age ſi recommandable par la grandeur de vos merites, & per-fections, iuſqu'á vous faire eſtimer pour tel du volon-taire conſentement de tous parmi l'Europe vniuerſelle: auſſi me ſuis-ie en moi-méme reſolu qu'il ne me ſeroit aucunement imputé á folle preſomption, & outrecui-dance, ſi pour vous plaire ie prenoi la hardieſſe en ce temps d'entrer humblement au dedans de vôtre pauil-lon, oú vous eſtant parfois retiré d'entre vos côtinuelles occupatiõs aprés les troupes guerrieres de vôtre Armee, & loing de l'horrible bruit de la trompette, vous puiſſiés ouïr ici bourdonner la baſſe chanſon de mes Muſes, qui peut estre tascheront à l'auenir d'aspirer à s'encharger du fardeau merueilleus de vos nobles proësses, & louãges. Or ainsi que l'exterieure passion n'est souuent receüe pour vraie en celui qui porte au vif la sagette d'Amour emprainte dans la poitrine, s'il n'est aussi quelque peu touché du poignant aiguillon de ialousie: de même ie croirai facilement que la viuacité de ce desir qui chatouille de si prés vôtre magnanime courage, pour l'enflamer de plus en plus à l'amour de toute vertu, & honesteté, ne vous conuie si doucement à l'heureuse execution d'vn tel proiet, qu'vn ardante enuie de vous remirer en vos actions sur le fidelle patron, & parfait exemplaire de la vie, & gestes memorables de nos Princes, & Monarques, vos Predecesseurs. En quoi faisant, MONSEIGNEVR, vous ensuiués à propos l'imitation de ceus qui pour bien s'atiffer d'vne gentile façon, volontiers se peignent honestement, aians deuant leur veüe quelque beau miroir pour mieus s'aperceuoir eus même. Car la seule emulation des vaillans gestes de vos Peres de tresheureuse souuenance, vous rend assés remarquable aus iournaliers exploits de vos entreprises. Mais comme nous voions vn bon destrier qui de soi-même est aisemét incité à franchir la carriere, n'auoir autre besoing d'estre éperonné: semblablement ceus qui sont agités de la même ardeur, & gentilesse, laquelle excite si courageusemét vôtre sagesse, & generosité au pourchas d'vne vertu si rarement acôplie, refuse aussi de premiere rencontre le secours empunté de tous auertissemens. Ce qui nous est apertement notoire par les fruits incomparables que la prosperité de vôtre conduite, & vaillantise déploie ici à foison d'heure en heure. Tellement que malgré l'Hydre repullulante de nos malheurtés, & dissentions, derechef suscitées par la rebellion de ceus qui ne veulent scauoir que c'est encores d'vn legitime deuoir, & naturelle sugectió, sans nulle doute vous en rap-

portés vn precieus loier d'honeur, & gloire perdurable,
de maniere que veu la rondeur, & integrité de laquelle
vous vfés á prontement éteindre le flambeau rallumé
de nos guerres ciuiles, pour l'entier foulagement, & repos general de nos Gaules, vôtre los eft affés capable
pour furmôter, voire aneantir en fa dignité les traitreffes
algarades de toute enuie, & malueuillance. Au moien
de quoi, MONSEIGNEVR, afin qu'en vous
louangeant ainfi ie ne femble vous délouanger, & de
peur que ie n'encoure l'equitable reprehenfion, & mo-
querie, dont les Lacedemoniens taxerent iadis cettui la
qui leur vouloit rechanter les vaillances, & labeurs, du
grand Hercule: & qu'il ne me foit propofé de nouueau
par nos François ce qui lui fut obiecté par les mémes,
qui ne conoit Hercule: & qui ne vous conoit auffi? ie me
deporterai á cette heure d'en faire plus long recit, & ce
pour fuplier en toute reuerence, & humilité, vôtre hau-
teur, & feigneurie, d'accepter á gré ces fleurs nouuelle-
ment produites, & recueillies du Printemps de ma ieu-
neffe.

    MONSEIGNEVR, ie prierai inftâment la
haute maiefté du Roi des Rois vous elargir en trélon-
gue vie le comble de fes graces, & benedictions.   De
Paris ce xxx. de Mars 1573.

Le tres-obeiffant feruiteur de vôtre Excellence,
I. LA GESSEÈ MAVVESINOIS.

A iij

10. AVRATVS POETA
Regius Græco-Latinus, in I. Geßeÿ Mauueſÿ RVPELLEIDA.

TAM bené qui teneris modulans præludis
  in annis,
  Siue Latina iuuat, Gallica ſiue chelys:
Poſtquã maturos GESSAE E impleueris annos,
  Et quod nunc flos eſt fructus adultus erit.
Poſt tales, quales iam iunior implet auenas
  Muſa tibi, quantas flabit adulta tubas?

LVDOVICI LAVVERGNACI
Burdegalenſis ad I. Geſſeum Mauueſium, Ode Tricolos tetraſtrophos.

MArtis furorem dum cit inhorridi
  Canente Muſa GESSEVS, intonans
  Sic cantat, vt Martem cruentum
  Verſibus exacuat ſonoris.
At ſeu tremendi bella Cupidinis,
  Seu barbito tentet Lyricum melos,
  Vel Scenico Reges Theatro
  Admórit, omni laude floret.
O macte GESSEV! quem Latij colunt,
  Galliq; Vates! tu ſuper æthera
  Iamiam volas auris ſecundis,
  Nec fera fata timens, nec annos.

SONET

DE FRANCOIS DE BELLEFOREST
Comingeois ſur la ROCHELLEIDE de
I. la Geſſée Gaſcon Mauueſinois.

IE ſçauoy long tẽps á combien Frãce foiſonne
En hõmes de ſçauoir,& des lõg tẽps i'ay veu
Les plus rares,& bons:long tẽps á qu'ay cogneu
Le ſon qui en Paris de leurs Lyres reſonne.

Mais biẽ peu i'envoioys qui de l'õde Gaſcõne
Abreuués, & eſpris d'vn Aquitanic feu,
Fiſſent ouïr la voix, & l'eſprit de ce Dieu
Qui eſmeut leurs eſprits,& en leurs eſcrits tõne.

Ores ie ſuis contant:la GESSEE eſt celuy
Qui aiant des grãds Roys,& des Muſes appuy,
Chante les Roys,les grands, leurs vertus,&
proueſſes.

GESSEE mõ voiſin mon Cominge accollãt,
GESSEE que ie ſuis baiſant, & honorant,
Pour ſes vers,ſes vertus,ſcauoir,& gẽtilleſſes.

I. GESSEI MAVVESII
in suam Rupelleida, Præfatio.

ODE Dicolos Tetrastrophos.

Versus Gesseiani.

QVID sæuis tuos in proceres furens Galle?
  restaurata quid Pergama nobilis FRANCI
Trux plusquám hostico toties quatis nisu?
  Phrygiæ quid renouas obitum?
Cur heu! ciuico dextra madet rubens tabo,
  Ac risum ferox gentibus exteris præbes?
Quæsitumq; tot casibus cruens regnum,
  Id aues reparare scelus?
O quantum remoti pelagiq; , terræque,
  Sceptro Gallico tot poterat malis addi?
Et quâ surgit Aurora iugalibus vecta
  Oriens Oceano biiugis.
Et quâ Tethyos fluctibus hospitæ Titan
  Vastis occidens mergitur: ah nefas dirum!
Nunc nunc Galle saltem satis vltus, yltorq;,
  Proprio iam sapias odio,
Tot passis ruinis: vel Erynnios toruæ
  Si tantis comes te furiis iuuat Mauors,
Exprobrationi querulæ modum pone,
  Sine me vel tua flere mala.

                VIVERE DAT MVSA.

LA ROCHELLEIDE

CONTENANT VN DISCOVRS
des choses memorables, auenues á la
Rochelle, & au Camp du Roi, depuis
le commancement du siege.

PARTIE.

A MONSEIEVR FRERE DV ROI.

PAR I. GESSEE MAVVESINOIS.

'AI *deploré n'aguiere le*
trépas
D'vn Prince, occis par
l'horreur des combas:
Mais á present i'entonne
les alarmes,
Et nobles faits, des principaus Gensdarmes,
Qui soûtenant l'honeur de nos Valois,
Ont assiegé les murs des Rochelois:
Et qui poussés d'vn vif zele de glóire,
Font en mourant plus viue leur memoire.
    Vous, preus HENRI, *tige des Demidieus*
De nôtre Gaule, & des Rois vos Aïeus,

B

Si la fureur de la triste Bellonne
Par les assaus vôtre cœur n'aiguillonne,
Et qu'á ce coup vous soiés en repos,
Pour tôt courir aus combas plus dispos:
Vous separant vn peu de vôtre armée,
Oïés la voix de ma Muse anïmée
A vous chanter:puis d'vne,& d'autre part,
Retirés vous dans vôtre tente á part,
Pour m'écouter, & tendre ici l'oreille
Au vrai discours de mainte grand' merueille,
Que vous verrés auenir vers ce lieu
Qui vous detient,par le vouloir de Dieu.
            Le méme iour que ceus de la Rochelle
Furent marris de la triste nouuelle
De vôtre Camp,& que les gens armés
D'vn fort Strossi,furent d'ire allumés
Contre la Ville, & plus s'en irriterent
Quand maints François dedans se retirerent:
Prince,l'on tient qu'aussi ce méme iour
On vid sortir de l'humide seiour
Vers vn Isleau,Prothé le grand Profete,
Du Roi des eaus le fatal interprete.
Qui lá fáché d'vn si fácheus desroi,
Calma les flós pleins d'orageus effroi:

Puis d'une bouche en tels propos ouuerte,
Diuinement profetisa sa perte.

Fiere Cité, qui me vois á present
Proche á tes bors, & pour qui i'erre absent
De mes troupeaus d'Egipte, & de Palene,
Non par l'Epous de l'amoureuse Helene
Pris, & lié: mais par le veuil des cieus
Contraint ici d'vn chant presagieus,
Ie te predis le terme de ton estre,
Suiuant le cours d'auanture senestre.

Bien tót ici tu verras l'appareil
D'vn Ost Roial, qu'vn PRINCE non-pareil
I conduira, pour te dresser la guerre
Par glaiue, & feu, tant par mer, que par terre:
Qui FRERE aisné de ton Maistre puissant,
Vient ia deia tes fautes punissant.

Ainsi iadis le valeureus Atride
Fut élu Chef des Grecs au port d'Aulide,
Pour reuanger son Frere à ce moïen,
Trop outragé du rauisseur Troïen.

Or puis qu'ainsi tu denies l'entreé
Dedans ton clos á l'humble vierge Astreé,
Et qu'il te plait (rebelle) t'obstiner
Contre celui qui te vient mátiner:

Bü.

Tu n'oüiras deformais par ces terres
(Prife d'horreur) que les cruels tonerres
Des fiers Canons, & ne verras en paix
Fleurir ici tes Citoiens espais.

    Ore tes murs, & renforts si superbes,
Peut estre vn iour s'égalleront aus herbes,
Et tes palais aus defers, & buissons:
Et tu feras pleine de maudiffons.

    Bien qu'à ce coup l'on te dife garnie
D'hommes vaillans,& de viures munie:
Bien qu'en tes murs,& foffoïés rampars,
On voie au long fourmiller tes foldars:
Bien qu'on te vâte,& qu'on nous mette en côte
Tes gros Canons,& grand's pieces de fonte:
Si verras tu (quoi qu'il nous tarde) à temps
En pleurs, & cris, changés tes passetems,
Et feras mife à tes haineus en proïe:
Car tu n'es point vne feconde Troïe.

    Toi n'heritant de fon heur ancien,
Tu n'as pour toi fon fecours Thracien:
Et si ne vois à toi venir encore
Pour t'affifter, le noir fils de l'Aurore:
Heureus vraiement! si par le fer pointu
Il n'eut d'Achille éprouué la vertu.

Et bien qu'en peuple armé tu ne foisonnes,
Vn Camp guerrier de femes Amasonnes
(Sexe aus combas magnanime, & viril)
N'alente point les maus de ton peril.
Et pour t'aider Enyon la peruerse
Qui piés à mont la France bouleuerse,
N'irritera iamais en ta faueur
Vn autre Hector, gardien, & saueur
De sa cité, contre les gens Françoises,
Brulant leurs Nefs, comme il fit les Gregeoises,
Pour ses Troiens nuit, & iour bataillant,
Et l'Ost des Grecs sans repos assaillant:
Lesquels en guerre il remettoit en fuite,
Comme vn Lion qui chasse á la porsuite
Les Cerfs legers, á courir plus hatifs,
Qu'il n'est suiuant ces animaus craintifs.
      Entre ces Preus, que la grand' Renommeé
Bruira l'honeur de la Roialle armeé,
Tu conoitras vn genereus HENRI,
Que le DIEU Mars aus armes á nourri,
L'un des VALOIS, qui pour ne condescendre
A ton deuoir, te doit tapir en cendre.
      Tu conoitras encor son Frere aimé,
Vn FRANCOIS Duc, des Francois estimé,

B iij

Qui s'opposant á ta fureur ciuille
Porte le cœur d'vn redoutable Achille:
Et qui ton peuple acablera de coups,
Ainsi qu'vn Ours qui fait la guerre au Loups.
   Tu conoitras entre tant d'apres noises
Ce ieune R O I des terres Nauarroises,
Pour ton contraire, & plaindre t'en voudras:
Mais trop chetiue en vain tu te plaindras.
Car le pouuoir de sa libre ieunesse,
N'étant soúmis au ioug de ta finesse,
Ne permettra que ta rebellion
Te rende egale aus vieus murs d'Ilion.
Et bel Epous d'vne belle Charite,
Que les mortels appellent MARGVERITE,
Par double honeur si proche au sang Valois,
Il ne voudra se dire Rochelois:
Ains imitant en sa douce franchise
Le noble fils du vaillant fils d'Anchise,
Né de l'estoc des Princes de Bourbon,
Suiura plútot & son Pere tres-bon,
Et son grand Pere, humbles au Roi leur Prince,
Et cōbattans pour l'heur de sa Prouince.
   Que si la Parque acroit son fil humain
Par le métier de sa fatale main,

Et qu'en santé son viure elle conferme
A l'auenir iufq'á fon prefix terme,
Vn iour de gloire,& pompe enuironné,
Dans Pampelone il fera coronné.

     Apres ceus ci,fuiuans la méme trace,
De deüs HENRIS (iffus de méme race)
Tu fentiras les vangereffes mains:
Parmi le choc des affaus inhumains.

     Ha! ie te plains illuftre Duc D'AVMALE!
Car tes hauts faits,& ton courage mále,
Ores me font refouuenir ici
Du fage Idmon,qui fans nulle merci
De fon falut,plein d'ardante alegreffe,
Vint en Colchos,auec la fleur de Grece,
Pour mieus ainfi quelque honeur aquerir,
Iacoit qu'il fceut qu'il i deuoit perir.
,, O noble los,hofte d'vne bonne ame!
,, Seul par vertu tu l'affranchis de blame.

     Témoing en eft ce Prince valeureus,
Qui predira fon trepas méme heureus,
(Ains fon malheur)& fa prouesse étainte,
Preft d'enuahir les Rochelois fans crainte.
Mais las! ayant d'vn feruice loial
Tant trauaillé pour le Sceptre Roial,

Que vôtre Gaule, aincois toute l'Europe,
Le colloquant au milieu de la trope
Des grands Heros, qui pour viure sont morts,
Son ame ici delaissera son cors.
„ Il faut mourir, & quoi que l'home tarde,
„ De réchaper le trépas il n'a garde.
„ Car ceus qu'on void en vie demourans
„ A ce iourd'hui, demain seront mourans,
„ Ou tôt aprés : & la Gondole large
„ Du vieil Charõ, n'est onc sans quelque charge.
„ Mais nonobstant on vit de l'esperit,
„ Le cors n'est rien, viuottant il perit :
„ Non cettui la, qui les morts fait reuiure,
„ Et des liens de la chair se deliure.
Ha miserable ! en t'ôsant bien douloir
Du Dieu treshaut, & de son saint vouloir,
Ne vois tu pas ce braue Duc de GVISE,
Aussi par force enfraindre ton emprise ?
Et contre toi guider leurs bataillons ?
Et renuersant tes tours, & bastillons,
Darder sur toi (pour les reduire en poudre)
Horriblement la tempeste, & la foudre ?
Ie voi ie voi pour te mettre à l'enuers,
Prest á te nuire vn Seigneur de NEVERS :

Lequel suiui d'un preus MARQVIS du MEINE,
Nul bon suport á tes Soldás n'ameine.

Bien que d'audace ils aïent eu grossi
Leur haut courage, vn vertueus STROSSI,
Vn de COSSE Maréchal venerable,
Vn de RETS Conte, & BIRON honorable,
Leur fairont naitre adonc la crainte au cueur:
Et puis aprés vn MONLVC belliqueur,
Et la VALETE, ornemens de Gascoigne,
Engraueront les marques de vergoigne
Dessus leurs dos : & pronts en leurs desseins
Vn PVIGAILLARD, & guerroïeur COSSEINS,
Et mille encor fameus en vaillantise,
Perdront leur gloire, ains leur fai-neantise:
Et méme aucuns ton parti quitteront,
Voire á ton mur (hardis) s'affronteront.

Entre plusieurs vn auisé la NOVE
Te faira voir comment le Sort dénoüe
L'étroit lien des affaires mondains,
Au dur succés des changemens soudains:
Qui pour conduire en l'armée Roialle
Vn CHAMPAIGNI, ROSCENARD, & la SALLE.
Braues guerriers, auec maints autres Chefs,
T'abandonnant surcroitra tes méchefs.

C

Si qu'un HENRI, des Heros l'exemplaire,
Aimera mieus humainement se plaire
Par grand' caresse à gré les bienüeigner,
Que leur seruice en fureur dédaigner:
Mais sur trétous encontre ta furie,
Bellone seule aura la seigneurie.

　　Les peres vieus aus longs cheueus grisons,
Demeureront seulets en leurs maisons:
Puis contre l'ordre, & les lois de Nature,
A leurs enfans ils donront sepulture:
Et les chetifs leurs pertes deplorant,
R'attristeront les meres en plorant:
Veu que l'Hiuer si drüment ne sacage
Les poils ia secs d'un garsouillé bócage,
Méme si dru ne sont point diaprés
D'un verd émail en Mai les nouueaus prés:
Que deuant toi les foraines cohortes,
Et tes squadrons, verront en mille sortes
Le ciel iré reuomir dessur tous
Les fleaus meurdriers de son iuste courrous:
Et semblera que la machine haute
Ait coniuré pour châtier leur faute.

　　Or entre tant, & tant d'assaus liurés,
Plusieurs seront de plaies eniurés,

Et d'une part, & d'autre, cette plaine
Des os des morts vn iour blanchira pleine.

Mais entre ceus qui du los gaigneront,
Et pour l'honneur la mort dédaigneront,
Vn de RETS *Conte, &* CHAVIGNI, *la souille*
En son sang propre, auec son Neueu ROVILLE:
Et desireus d'aquerre vn beau Laurier,
Tu les suiuras Conte de MAVLEVERIER,
Et toi RAGVI *poussé d'un cœur semblable,*
Auec GRILLON, *en renom egalable.*

Vn de LA-MAVLE, *vn Prouençal* D'VNIS,
Et SERILLAN *en leur exploit vnis,*
Bien fort blessés, & SARRED *Capitaine,*
De leur valeur donront preuue certaine.
Aussi faira le ieune CHEMEREAV,
Et par sus tous vn vaillant MONSEREAV?
Lequel suiui de quatourse Gensdarmes
Tous aueuglés aus dangereus vacarmes,
Aiant sans peur la cuirasse endossé,
Le glaiue au poing, ira iusqu'au fossé
De ta muraille: où plus dur que la grelle
Cheant á bas coup sur coup ne martelle
Le dos matté du hautain Apenin,
Contr'eus adonc vomissant leur venin

Tes fiers Soldats, d'vne brusque tirade
Fairont pleuuoir mainte ápre harquebusade,
Et maints boulets, qui des *Mosquets* sortant
Auec l'horreur la mort vont aportant.

    Et neaumoins vn seul, d'entre leur bande,
Sera nauré d'vne blessure grande:
Puis reuenus le Coutelas sanglant,
Leur MAISTRE ira chacun d'eus accolant
Par bon recueil: & maints en egaus gestes
Enuoïeront leur gloire aus lieus celestes,
Ore plaïés réchapant ainsi francs,
Ore meurdris poussant l'ame des flancs.
,, Car des qu'on s'offre en plein chãp de bataille
,, Soit qu'on en prẽne, ou soit que l'on en baille,
,, C'est seulement aus cœurs abatardis
,, De ne combatre en guerroiants hardis:
,, C'est aus *Vieillars*, & pucelles timides,
,, De fuir l'émoi des armes homicides.
,, Puis la *Vertu* que le cercueil poudreus
,, Iamais n'entombe auec les os cendreus,
,, Est immortelle, & compaigne de l'ame,
,, Forçant les ans, & la *Parque*, & la lame.
    Or si tu peus quelques mois resister,
Si ne peus tu longuement subsister

En ton audace:& les Anglois étranges,
(A qui le cœur bouffit de tes louanges)
M'en sont témoins, qui les siecles passés
Plus d'vne fois en ont esté chassés.

Et bien ! humaine, & populeuse, & riche,
Tenãt l'Empire vn CHARLES Quint d'Austri-
Tu voulus estre alors au Roi FRANCOIS, (che,
Et non Angloise ! ainçois rebelle ainçois
Te reuoltant, (& non sans repentance)
Contre raison tu lui fis resistance:
Mais sa douceur, & sa facilité,
Surmonta lors ton infidelité:
Car toi soúmise á sa volonté propre,
Tu n'encourus pour vangeance qu'opprobre.

Et neaumoins les Fureurs au dedans
T'inspirent ore' & leurs flambeaus ardans,
Et leur semence, áfin qu' á ta coútume
Ta gäieté se change en amertume:
Ce qui peut estre auiendra tant á point,
Que de repos tu n'auras vn seul point.

Soit au matin quand les Astres font place
Au iour poignant, qui les tenebres chasse,
Et que l'on void l'Epouse au vieil Thiton
Nous découurir son rosoiant menton:

C iij

Soit á Midi, quand la torche etherée,
Luit au milieu de la voute azurée,
Et que son feu plus vif, & plus ardant,
Aille ça bas ses flamméches dardant:
Ou soit au soir quand Phebus ia rebaigne
Son char plongé dedans la mer d'Espaigne,
Ou que sa Sœur aus blancs raïons d'argent
Suiue sa route, vn soing sans cesse vrgent
T'en doit remordre, & fusses tu soúmise
Aus Nourrissons de l'Angloise Tamise.

    En nauiguant les palles Matelós
Dans l'Ocean ne content tant de flós,
S'entre suiuans d'écumes blanchissantes,
Hurtant les piés des roches gemissantes,
Aus soufflemens du mutin Aquilon:
Que tu verras sur ton peuple felon
Cheoir de malheurs, & miseres ciuilles,
Seruant d'exemple aus plus superbes villes.

    Courage ROI, le plus fort des Chrestiens!
Veuilles, benin, auoir pitié des tiens:
Et punissant les Amis de Discorde,
Aus discordans ne fai misericorde.

    Et vous aussi grands REINES, & sa SOEVR,
Viués sans crainte: & sous l'espoir tresseur

D'heureus succés des guerres commencées
Pour tót finir, n'attristés vos pensées.
Imités moi le renaissant vermeil
Des fleurs, aus rais du matinier Soleil,
Qui ia montroient leur beauté fanissante,
(Sans sa chaleur) par la pluïe nuisante.

    Et toi PARIS, merueillable Cité,
L'honeur plus grand de ce Tout habité,
Et qui sans pair gaignes ce priuilege,
Heureuse en biens! d'estre des Rois le siege:
Apreste toi pour bien tót receuoir
Ce PRINCE aimé, qui te viendra reuoir
A compaigné de l'Ost qui le conuoie:
Es carrefours dresse tes feus de ioie,
Montre toi braue, & d'vn vœu solennel
Rends grace á Dieu, pour l'honeur eternel
Propre á ce D V C, qui d'armes étoffées
Ia te promet mille nouueaus trofées.

    Toi FRANCE aussi, fertille region,
Qui vas souffrant pour la Religion
Ces malheurtés, dont les Dieux, & les Astres,
Accroissent las! tes ennuieus desastres:
Bien que tu sois l'école des vertus,
Rare ornement dont tes Rois sont vétus:

Bien que tu sois l'œil d'Europe, & te nommes
Mere des arts, & nourrice des hommes,
Et nonobstant tes enfans partiaus,
Sois florissante en actes Martiaus:
Bien que tu sois en tresors planteureuse,
Bien qu'en tous lieus ta race auanteureuse
Des sa naissance ait veu par terre, & mer,
Son nom au large heureusement ramer:
Et bien qu'estant le fleau de la malice,
Dans tes cités tu loges la police:
Et qu'il i ait des Regnauds, & Rogers,
Et des Rolands aueugles aus dangers:
Ne croi pourtant qu'en ces guerres apertes
Tu puisses onc t'enrichir de tes pertes.

 Et pource voi que ton sort inhumain
Ne t'egalise á l'Empire Romain:
Et laisse moi ces quereles barbares
Aus Mescreans, & farouches Tartares.
 Ha, quel depit! aincois quel deshoneur
Est ce d'ouir l'étranger blasoneur,
(Qui s'enrichit du gaing de tes ruines)
Mettre en auant ses publiques rapines,
Ses faits maudits, & qui tousiours combat
Pour l'auarice, & n'en fait qu'vn ébat?

Qu'est-ce de voir ces Harpyes gourmandes
Venir ici des terres Alemandes
Pour te piller, & par tes chams conus
Mettre ton peuple au fil des glaiues nus?
D'ainsi te voir par ceus la fourragée,
Qui te deuroient reuanger outragée?

Ainsi, depuis qu'au champ Pharsalien
Fut repandu le sang Italien:
Mémes aprés que l'Empereur Auguste
Vint á regner(plus que son Pere)iuste,
De ses meurdriers á l'enui se vangeant,
Et l'Uniuers presque sous soi rangeant:
Rome au milieu des haines, & scandalles,
Seruit de proïe aus rauissans Vandalles,
Et cruels Gots, qui vindrent l'assaillir,
Son heur déia venant á defaillir.

Comme en Esté le gleneur ne s'egare
Des moissonneurs, qui leur faucille auare
Vont emploïans á tondre les forés
(Iaunes d'espics)de la blonde Cerés:
Mais cheminant pas á pas suit la troupe
Qui les tresors de la Deesse coupe,
Si qu'aprés elle il ramasse en passant
Ce qu'elle va de reliques laissant.

D

Ni plus ni moins chacun á la venüe
De tes discords, te rauage, & denüe
De ta richesse, & t'á l'on presque ousté
Les biens meilleurs, qui si cher tont cousté.

O FRANCE, mere abondament fertile,
D'vn si grand peuple au fait d'armes vtile,
Si tu m'en crois tu ne vanteras plus
Tes vieus Heros, que le manoir reclus
De leurs tombeaus, presse au sein de la terre,
Bien qu'auec eus leurs renoms il n'enterre!
Et moins encor tu publiras les faits,
Que leurs enfans d'age en age ont parfaits,
Pour aussi loing borner ton étandüe,
Qu'en tous endroits leur gloire est épandüe.

Car s'il auient qu'vn iour la Chrestienté
Qui tes combás á tant exprimenté,
Te reconoisse en tel estat reduite,
Et par les vents de malheurté conduite:
Elle verra ses autres regions
Gaïes dequoi tes propres legions,
Voire ceus la qui deuroient te defendre,
A ceiourd'hui s'adonnent á t'offendre.

Mais pour mieus faire á ce coup ton deuoir,
Et quelque fin de tes maus receuoir,

Prie le ciel ton premier aduerfere,
Qu'ore il te foit propice en ta mifere:
Puis rapellant par méme opinion
Tes chers Subiets á femblable vnion,
Pour rembraffer la Foi vraiment Chreftienne,
Chaffe Difcorde entre la gent Païenne.

   AINSI difant le Profete fameus,
Saute en la mer: & le flot écumeus
Qui le renferme, á bouillons vn fon iette,
Et tournoïant fur fon chef pirouette.

FIN DV DISCOVRS.

ODE,

Sur les prefens troubles de France.

A MONSIEVR FRERE DV ROI.

IE veus bien polir cett' Ode,
Mais tordre ie la voudroi
A la Thebaine methode,
Pour le FRERE de mon Roi:
Vien donc Mufe, ma Mignonne,
Sucrer mes vers d'vn dous miel,
Afin qu'ainfi mieus ie fonne
Ses honeurs dignes du ciel.

   Et toi, prefte moi l'oreille,
(O mon PRINCE non pareil)
Ore qu'ici ie m'éueille

D'vn long oblieus someil:
Ore qu'en ferme asseurance
D'vn courage plus dispos,
J'anonce parmi la France
Les merueilles de ton los.

    Ie prise vne antique race,
J'honore vne Roiauté,
J'estime la bonne grace,
J'aime la chaste beauté,
J'adore vne docte Muse,
Et sui tel autre bonheur:
Mais plus que l'Indique honeur
J'aime vne gloire fameuse.

    I. PAVSE.

»   La Nature aus homes donne
» Vn cours de vie acourci:
» Mais (comme sage) elle ordonne
» D'auoir tousiours ce souci,
» Qu'errante soit la memoire
» De leurs beaus faits poursuiuis,
» D'age en age entre-suiuis
» D'vne suruiuante Gloire.
»   Elle, comme á sa Princesse,
» Sert d'escorte á la vertu,

DE I. LA GESSEE.

„ A c'il qui la quiert sans cesse,
„ Aiant le vice abbatu.
Elle (á qui tout peril cede)
Fut au ciel en feu logeant
Hercule le Tu'-geant,
Et les Fils iumeaus de Lede.

　　Ton Aieul, qui les cieus orne,
Et ton Pere, qui puissant
Arrondit la double corne
De son agrandi Croissant,
Sans detraquer de leur voïe,
Restent lá haut glorieus:
Oú le fer victorieus
Par elle encor te conuoïe.

II. PAVSE.

Fameus celui, duquel l'ame
Vn si noble soing remord:
Son nom (qui donte sans blame
Le temps, l'enuie, & la mort)
Court de Prouince en Prouince.
„ Heureus le Gendarme, heureus,
„ Qui braue, & chevaleureus,
„ Meurt pour l'honeur de sõ Prince.
　　L'home est chetif, qui se laisse

D　iij

Engloutir couardement
A l'engourdie vieilleſſe,
Sans montrer gaillardement
(Ains que la ſaiſon griſonne
Son chef de nege ait couuert)
Vn cœur aus perils ouuert,
Par ſa vertu qui foiſonne.

    L'orgueil, & fai-neantiſe,
Du lâche François mutin,
Par ta ſeule vaillantiſe
Doit ſuccomber au Deſtin,
Ploïant ſous tes bandes iointe
A coups des glaiues tranchans:
Ainſi Dieu ſur les méchans
Iette ſes dars á trois pointes.

III. PAVSE.

    Quand nos Rois on importune,
Ils attachent l'æle au dos
De la vangeance oportune,
Impatiens de repos
Iuſqu' á ce que l'entrepriſe
Par eus en fin miſe á chef,
Soit acablant de méchef
C'il qui leur pouuoir dépriſe.

Ia la peine vangereſſe
Son peché lui met deuant,
Et ſes deus talons lui preſſe,
A pas ælés le ſuiuant :
Et ia d'vne loi fatalle
Tes rigueurs lui fait ſentir,
Lui grauant vn repentir
Au front vergoigneus, & palle.

    Chacun endoſſe les armes,
Eclatantes de lueur :
Les cheuaus pronts aus vacarmes,
Courent moites de ſueur.
On oit le bruit des trompettes,
Et retentiſſans Canons,
On ne void que gomfanons,
Que gensdarmes, & cornettes.

     I I L. P A V S E.

Nôtre Gaule, de merueille
En fait l'Europe ébahir :
L'ennemi s'en emerueille
Qui cherchoit á l'enuahir.
La ſuperbe Germanie
(Qui n'aguiere lui donnoit
Ses gens, qu'elle guerdonnoit)
En void ſa troupe banie.

Ni les bandes aſſaſines
De nos haineus familiers,
Ni des regions voiſines
Les plus vaillans Cheualiers,
(Pendant les horribles guerres
Qui troublent nos Citoïens)
N'ont peu trouuer les moïens
D'eniamber deſſur nos terres.

Auſſi la grand' Renommée
Rien rien ore ne rebruit
Que nôtre Francoiſe armée,
Loüable en Chefs de haut bruit.
Quel eſt celui qui s'egaïe,
Monté ſur vn beau Courſier?
Son cors eſt vêtu d'acier,
Qui comme vn clair Soleil raïe.

V.   PAVSE.

Il branle en main vne hache,
Son morrion eſt creſté
Des reflós d'vn long pennache,
En plis ondés arreſté.
A voir comme il ſe demeine,
C'eſt le ieune Mars Gaulois,
Tige du ſang de Valois,
Qui par le Camp ſe pourmeine.

DE I. LA GESSE.

A l'entour de lui s'assemblent
Mille nombreus esquadrons,
Et mille Ducs, qui se semblent
De cœur, d'armes, & plátrons:
Entr'eus, hardi, ie regarde
Nôtre heureus MONLVC *Nestor,*
Qui ioint á cet autre Hector
Prend son ARMÉE *en sa garde.*

Courage PRINCE, *courage!*
En la méme fleur des ans
Qui deia bornent ton age,
Par les combás meurdrissans
Ce Guerrier, l'effroi du monde,
Ce Monarque Emathien,
Seul táchoit d'estre soútien,
Et Roi de la terre ronde.

VI. PAVSE.

Comme vn odieus orage
Auec les nües porté,
Perd le fecond laborage
Du Bounier déconforté:
Ta presence necessaire
Aus peuples qui te suiuront,

LA ROCHELLEIDE

Perdra du premier affront
Ton plus malin aduersaire.

Vers les Isleuses riuieres
Autour des rocs, & valons,
A voltes,& courses fieres,
L'ongle des cheuaus felons
Presse la terre pleurante
Sous leur harnois gemissant,
Que (d'effroi se herissant)
L'eau prochaine est remirante.

Mille troupes guerroiantes
D'vn choquer audacieus,
Par batailles effroiantes
Mélent la terre,& les cieus:
Des Preus la valeur s'épreuue,
Pendant qu'vn dru abatis
D'autour les voisins patis
De sanglans ruisseaus abreuue.

VII. PAVSE.

Fortune,& Vertu compaignes,
T'aueugleront aus dangers,
Pauant ainsi les campaignes
D'occis peuples étrangers:

Ces Rochelois ia craintifs,
Remarquant leurs dos fuitifs
D'vne perdurable honte.
    Ainſi l'humble Colombelle
A qui le courage faut,
Háte ſon vol non rebelle,
Voiant cheoir l'Aigle d'enhaut:
Ainſi l'ire d'vne ápre Ourſe,
Ou rous Lion affamé,
Met en fuite vn Cerf armé
De piés diſpos á la courſe.
    La Victoire, ſeure garde
Des Empires, & des Rois,
Ainſi d'vn bon œil regarde
Par les belliqueus arrois
Tes gens, riches de trofées:
Et de Palme, & de Laurier,
(Comme vn valeureus Guerrier)
Soient tes treſſes étoffées.

FIN DE L'ODE.

E ij

SONETS

DE LA FRANCE EPLOREE.

I.

QVI veut voir auec moi perir vne Ieuneſſe,
Guerriere ſ'obſtinãt en ſon propre malheur:
Qui veut aueque moi voir honnir ſa valeur,
Qui veut aueque moi haſarder ſa prôueſſe.
Qui veut aueque moi deplorer ſa détreſſe,
Qui veut aueque moi ſe priuer de ſon heur,
Qui veut voir auec moi denigré ſon honeur:
Viẽne voir auec moi des fiers Soldás la preſſe.
Il verra dru gréler les coups de Coutelas,
Les lances tronçõner en mille, & mille éclas,
Au craquetis du fer, & choq de mes Genſ-
darmes.
Et ſi verra l'arroi de trois, ou quatre Camps,
Aller piés cõtre-mõt bouleuerſãt mes chãps
Au bruire des Canõs, & tõnantes alarmes.

II.

AVANT que le Difcord eút ébranlé l'Empire
   Par mille effors cruels, du fier peuple ROMAIN,
   La grand' Cité de Mars d'vn pouuoir plus
    qu'humain
   Maiftrifoit ia le môde, où depuis elle afpire.
MAis quãd l'ápre Deftin chãgea sõ mieus au pire,
   Par foi méme encourant vn defaftre inhu-
    main:
   Mutine, elle trempa fon homicide main
   AU fang de fes cefars, & veuue elle en foúpire.
Auffi tant que la FRÃce á biẽ peu viure en paix,
   Elle fe repeuploit de Citoiens efpais,
   Heurant fa Roiauté qui n'auoit fon egale.
Mais depuis que fon peuple ainfi malicieus
   Contr'elle á dégainé fon glaiue audacieus,
   AU fort des vieus ROMAINS fa cruauté l'egale.

                    E iij

III.

VILLE, qui n'as d'egale en ce monde habité,
   Fier MONSTRE á plusieurs chefs, ouuriere d'in-
    iustice,
   Hydre repullulante en cháque malefice,
   Reine d'apostasie, & d'infidelité.
Mere d'ambition, fille d'iniquité,
   Alaitée d'orgueil, nourriciere de vice,
   Fusil d'emotion, abyme d'auarice,
   Rempart des assasins, haineuse d'equité·
Ville en pompe mõdaine á marcher coútumiere,
   Des homes de renom l'homicide premiere,
   Tigresse en cœur felon, gouffre de tout effroi.
Tu cheris les méchans, ton audace est brutale,
   Tu depites le ciel, & fais guerre á ton Roi,
   Et bref Ville tu n'as en terre ton egale!

L'AVTEVR, DE SOI-MEME,
IIII.

HA, maratre Nature! & faut il que pour vi-
ure
Peu mondain, solitaire, affable, & studieus,
Ains fable du sot peuple, á moi-méme odieus,
Le böheur onc ne veuille aucunemët me suiure?
   Hé! faut il pour blémir tousiours sur quelque
   Liure,
Et pour estre á requoi, modeste, & curieus,
Qu'encourant ce desastre horrible, iniurieus,
De mille vains espoirs ie ne soïe deliure?
   Las! si i'étois au moins quelque fol, bon
   ioüeur,
Quelque Nain, ou bouffon, ou fin Amadoüeur,
Ie seroi bië-venu des Seigneurs, & des Princes!
   Mais las! pour trop me voir sagement arresté,
(Priué d'aise) vn dur soing á me nuire apresté,
Egratigne mön cœur de mordantes épinces!

FIN.

VITA DELLA MORTE.